LE POÈME DE LA FOI

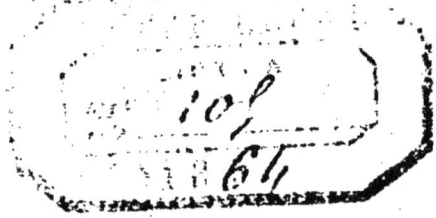

LE
POÈME DE LA FOI

PAR

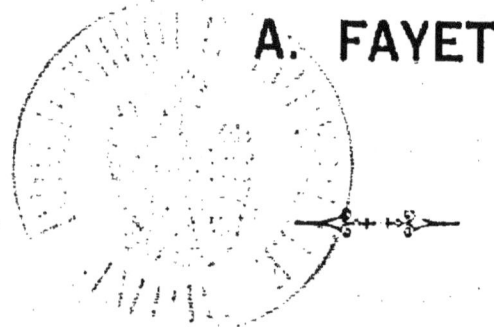

A. FAYET

MOULINS,
Martial PLACE,
Libraire-Editeur.

LYON,
PÉRISSE frères,
Imprimeurs - Libraires.

—

PARIS,

DENTU,
Libraire-Editeur,
Au Palais-Royal.

Louis GIRAUD,
Libraire-Editeur,
11, rue des St-Pères.

1864.

PRÉFACE

Je publie aujourd'hui le *Poème de la Foi*, que suivront bientôt ceux de l'*Espérance* et de la *Charité*. J'ai donné à ces recueils le nom de *Poèmes*, non que ce titre leur convienne dans le sens ordinaire du mot, mais parce que je n'en ai pas trouvé qui rendît mieux l'idée qui est au fond de cette œuvre. J'ai voulu mettre en lumière les différents aspects que présentent ces trois mots : *Foi*, *Espérance*, *Charité*, dans leur application religieuse, philosophique et morale. Chaque pièce est distincte, mais tend à un même but. Ce sont comme autant de médaillons séparés par des titres divers, et unis par une idée générale qui en est comme l'âme et le lien.

Le lecteur remarquera sans doute que les

idées de ces pièces rentrent parfois les unes
dans les autres , ou du moins ne diffèrent que
par des nuances presque imperceptibles. C'est
que ces trois vertus , comme trois rayons sortis
du sein de Dieu , se touchent , et bien que dis-
tinctes , semblent en plusieurs points se con-
fondre. Un même rayon de soleil produit aussi
les couleurs variées de l'arc-en-ciel dont les
nuances se fondent ensemble par des dégrada-
tions de lumière qui défient le regard le plus
exercé. Ces trois idées sont comme les sœurs
de la fable ; et on peut leur appliquer ce
mot du poète :

Facies non omnibus una ,
Nec divers atamen qualem decet esse sororum.

Plusieurs parties de ces poèmes reposent sur
l'analogie qui existe entre le monde physique et
le monde intellectuel et moral. Ce symbolisme
dont notre âge a presque perdu le sentiment ,
fait partie de la philosophie spiritualiste , et
l'Evangile en est plein. Le Verbe divin, créateur
du monde matériel , est en même temps la

lumière qui illumine les âmes. Les choses visibles, selon S. Paul, — Rom. 1, 20. — I Cor. XIII, 12 — ne sont que les choses invisibles mises à la portée de nos sens. Nous ne voyons ici-bas que par le secours des images , et comme à l'aide d'un miroir , l'invisible qui s'y réfléchit. Et Bossuet n'a fait que résumer la doctrine des livres saints et des philosophes chrétiens, lorsqu'il a dit en commentant le *Sermon sur la montagne* : « Jésus-Christ nous y apprend à considérer la nature , les fleurs , les oiseaux, notre corps , notre âme , afin d'en prendre occasion de nous élever à Dieu. Il nous fait voir toute la nature d'une manière plus relevée , d'un œil plus perçant , comme l'image de Dieu. »

Le sujet que j'ai abordé renferme un monde dans ses profondeurs. C'est le christianisme tout entier dans sa pureté et son incomparable grandeur. La Foi , l'Espérance et la Charité ont poussé leurs racines dans tous les dogmes et tous les préceptes de l'Evangile , comme dans tous les replis de l'âme humaine. Un esprit plus ferme que le mien aurait, en la fouillant, fait jaillir de cette mine toutes les richesses qu'elle cache dans ses flancs. J'ai essayé du moins, selon mes forces, d'en suivre quelques filons et d'en extraire quelques parcelles. Si cet essai pouvait réveiller dans les cœurs l'amour du Vrai et du Bien, et conduire les âmes — une seule âme — à la Foi, à l'Espérance, à la Charité, ce serait assez pour moi.

LE SACRIFICE

J.-B. LACHAUME, avocat.

1

I.

LE SACRIFICE

Invisibilem enim tanquàm videns sustinuit.
Héb. XI, 27.

Sequere Deum !
Pythagore

Il est nuit : Abraham sous sa tente fidèle
Repose ; tout-à-coup la voix de Dieu l'appelle :
« Abraham ! Abraham ! » — Au cri de Jéhovah
Abraham se réveille et répond : « Me voilà ! »
Et la voix lui disait : « Sur la prochaine cime
« Conduis ton fils unique et me l'offre en victime. »

Abraham est debout ; à peine à l'horizon
Des premiers feux du jour brille un faible rayon,
A leur maître déjà les serviteurs répondent,
A son ordre attentifs s'empressent, le secondent.

Du bois du sacrifice ils ont fait un faisceau ;
L'âne pour le voyage a reçu son fardeau.
On part ; trois jours durant, à travers la campagne,
On marche , et l'on arrive au pied de la montagne.
« Attendez-nous ici , dit-il aux serviteurs ;
« Nous allons , Isaac et moi , sur les hauteurs ,
« Suivant les rits sacrés , nous rendre Dieu propice. »
Il dit , charge son fils du bois du sacrifice ;
Lui , s'avance , la flamme et le fer à la main.
Et pendant que tous deux ils suivaient le chemin :
— « Mon père , dit l'enfant , nous voilà sur la cime ,
« Voici le feu , le glaive , où donc est la victime ? »
— « Mon fils , dit Abraham , j'en conserve l'espoir,
« Dieu, quand il sera temps , y saura bien pourvoir ! »
Et tous deux cependant ils s'avançaient ensemble.
Ils arrivent ; le bois en tas bientôt s'assemble.
Le père prend son fils , le lie , et de sa main
A son cher Isaac il va percer le sein.
Et voilà que du ciel l'ange de Dieu lui crie :
« Epargne ton enfant et respecte sa vie ;
« Car en offrant ton fils sur l'autel du Seigneur ,
« Tu m'as prouvé ta foi , la force de ton cœur. »

Cependant , au milieu des broussailles voisines ,

Un bélier par hasard restait pris aux épines.

Abraham le saisit , l'immola sur l'autel.

Et la voix du Seigneur tonnant du haut du ciel :

« Tu m'as d'un fils chéri fait l'offrande suprême;

« Eh bien ! disait la voix , j'en jure par moi-même ,

« Tes fils seront bénis , ils seront plus nombreux

« Que les sables des mers , les étoiles des cieux ,

« Et chez leurs ennemis ils porteront la guerre.

« Un jour je bénirai les peuples de la terre

« Dans ta race , en CELUI qui sortira de toi ,

« Puisqu'en m'obéissant tu m'as montré ta foi.

LES MARTYRS

II.

LES MARTYRS

Je suis le froment de Dieu ; je veux être broyé par
la dent des léopards, pour devenir le pur et digne
pain de Jésus-Christ.

S. IGNACE D'ANTIOCHE.

Les chants et les clameurs remplissent la cité.
Aux fêtes de César le peuple est invité ;
Sur les gradins du cirque, en flots pressés, la foule .
Comme un fleuve, en grondant, s'étend et se déroule.
Un cri s'est fait entendre : « Aux lions les chrétiens ! »
Pour s'enivrer de sang, plèbe, patriciens
Accourent ; les regards de la foule idolâtre
Parcourent lentement le vaste amphithéâtre :
« Où donc est le chrétien ? où les gladiateurs ? »
Des jets-d'eau parfumés, aux pieds des spectateurs.

Retombent doucement en rosée odorante ;
Et pour calmer la plèbe et tromper son attente,
Des esclaves d'Afrique et des hommes du Nord,
En attendant César , vont se donner la mort...

Mais la trompette sonne et les lions rugissent ;
D'un flot de sénateurs les degrés se remplissent ;
Le cirque a tressailli de l'un à l'autre bout,
Et sur son trône d'or l'Empereur est debout !
Et le martyr, en face, est debout dans l'arène.
Un sourire erre encor sur sa bouche sereine ;
Calme, les bras tendus, soutenu par sa foi ,
Son front n'a point pâli, son cœur est sans effroi.
Des combats de la veille il porte les blessures,
Et fier, mais sans orgueil, dédaignant les injures ,
Quand la foule en fureur hurle de toutes parts,
Pour la bénir, sur elle il baisse ses regards.
Sa lèvre encor tout bas murmure une prière...
De son antre soudain s'élance la panthère ;
Le martyr a fléchi sous le choc furieux ,
Son corps est aux tyrans , son âme est dans les cieux !

CHRISTOPHE COLOMB

III.

CHRISTOPHE COLOMB

Le vaisseau s'avançait sur des mers sans rivages;
Les soupirs de la brise à travers les cordages
Troublaient seuls le repos, le calme de la nuit;
Point de nuage au ciel, sur les flots plus de bruit.
Etendu sur le pont l'équipage sommeille ;
Debout, les bras croisés, pourtant un homme veille;
Son regard tour à tour interroge les cieux,
Les horizons sans fin , les flots silencieux.

Et son doigt convulsif, posé sur la boussole,
Demande une réponse aux caprices du pôle.

L'anxiété, le doute assiégent son esprit;

Sur la carte muette un nouveau monde inscrit

Toujours devant ses yeux à l'horizon recule.

Posera-t-il jamais ses colonnes d'Hercule ?

A travers l'Océan la terre qu'il poursuit

Se dérobe à ses vœux, comme un fantôme fuit;

La foi qu'il porte au cœur n'est peut-être qu'un rêve !..

Pour la centième fois le cours du jour s'achève

Depuis que de l'Espagne il a quitté les bords,

Rien n'annonce pourtant la fin de ses efforts.

Toujours le ciel, les flots, toujours l'espace immense ;

Et cette mer sans fin lasse son espérance.

L'équipage indocile hier s'est mutiné,..

Et pourtant la foi vit dans son cœur obstiné.

Dieu le veut ! et son bras, écartant les obstacles,

Saura, pour le conduire, enfanter des miracles.

Une céleste voix parle encor à son cœur :

Le Dieu qui l'inspira n'est point un Dieu trompeur.

A ce monde plongé dans la nuit infidèle

Son vaisseau doit porter la parole nouvelle ;

Colomb ne poursuit pas de vulgaires exploits,

Sur des bords inconnus il va planter la croix.

Et le vaisseau tardif poursuivait son voyage.
Est-ce une illusion? Est-ce un lointain mirage?
Une île aux verts sommets se dresse sur les flots...
« Terre ! Terre ! » — A ce cri, soudain les matelots
Se lèvent ; mille voix, grondant comme un tonnerre,
A la voix de Colomb répondent : « Terre ! Terre ! »

A travers les écueils, à travers les dangers,
Le chrétien vogue aussi vers des bords étrangers,
Et guidé par la foi, sur sa frêle nacelle,
Il cherche à découvrir une terre nouvelle.
Courage, voyageur ! bientôt viendra le jour
Où, saluant enfin le céleste séjour,
Oubliant les labeurs, la course passagère,
Tu toucheras au port, en criant : « Terre ! Terre ! »

LE CRÉPUSCULE

IV.

LE CRÉPUSCULE

La vie est une sorte de mystère
triste dont la foi seule a le secret.

De Lamennais.

L'astre du jour se couche, et sa lueur mourante
    Empourpre l'horizon ;
Sur le rivage dort la vague murmurante,
    La fleur sous le gazon.

L'étoile suit les pas de la nuit qui s'avance,
    La lune monte aux cieux,
Et verse la fraîcheur, le calme et le silence
    Avec ses pâles feux.

Tout repose ; la nuit paisible m'environne ;
　　　　Seul, le son du beffroi
Me jette lentement sa plainte monotone ;
　　　　Et plein d'un vague effroi,

J'entendais retentir dans mon âme glacée
　　　　Les coups du triste airain,
Et je sentais le doute envahir ma pensée,
　　　　Retomber sur mon sein.

Après ses longs travaux, ses peines, cette vie
　　　　Aura-t-elle un réveil ?
Ou sa lumière, hélas ! sera-t-elle suivie
　　　　D'un éternel sommeil ?

Sous mes yeux, chaque soir, les feux de la journée
　　　　S'éteignent dans la nuit ;
Et l'homme aussi voit-il sombrer sa destinée
　　　　Dans la mort qui la suit ?

Non, la nuit finira ; demain, le jour encore
　　　　Renaîtra radieux ;
De même, après la mort, une nouvelle aurore
　　　　Brillera dans les cieux !

LE BAPTÊME

V.

LE BAPTÊME

I.

La joie éclate et luit sous le toit fortuné ;
La mère a sur son sein pressé son nouveau-né ;
Penché sur son berceau, le père le contemple,
Et l'aïeul, dans ses bras, pour le porter au temple,
Fier de revivre en lui, le prend avec orgueil.
Déjà des saints parvis le prêtre ouvre le seuil.
Dans cet enfant promis aux larmes de la terre,
L'ange déjà s'apprête à reconnaître un frère ;
L'eau sainte va toucher son front, et du saint lieu
Le pauvre fils d'Adam sortira fils de Dieu.

II.

Et le prêtre est debout ; le rit sacré commence.
                Bientôt sur le frêle berceau
La foi ramènera la céleste innocence,
                Et le Christ posera son sceau.
Et pour mieux consacrer la nouvelle conquête,
                On va prendre un nom dans le ciel,
Et ce nom glorieux va passer sur sa tête
                Comme un héritage immortel.
Du signe de la croix la puissance divine
                Du nouveau-né brise les fers,
Les flots de l'huile sainte ont marqué sa poitrine ;
                Fuyez, Satan, esprits pervers !
La famille, à genoux, récite le symbole,
                Proclame la foi des aïeux ;
Le prêtre recueilli prononce la parole
                Qui monte jusque dans les cieux ;
L'onde sainte ruisselle : « Enfant, je te baptise... »
                Le vieux stigmate est aboli,
Le Christ compte un enfant de plus dans son Eglise,
                Et le mystère est accompli !
Apportez maintenant la sainte robe blanche,
                Autels, parez-vous de flambéaux ;

Sur la tige divine une nouvelle branche
    Etendra bientôt ses rameaux.
Sonnez, cloches, sonnez, dans la tour solitaire,
    Mêlez vos carillons joyeux ;
Anges saints, répondez aux concerts de la terre,
    Il est fête aussi dans les cieux !

III.

Et la mère attendait le retour de son ange,
Sa douleur à sa vue en calme pur se change,
Son enfant gardera la foi mise en son sein ;
Et pieuse vestale, elle veut de sa main
Nourrir le feu sacré ; la chère créature,
Son cœur en est certain, restera toujours pure.

Ah ! de ce jour, enfant, à ton tour souviens-toi ;
Deviens homme, grandis, mais conserve ta foi ;
Garde au fond de ton cœur la divine étincelle,
A la foi des aïeux reste toujours fidèle.
Fleur céleste, la foi te donnera son miel,
Et sur ta tombe un jour s'ouvrira pour le ciel.

LA LAMPE DU SANCTUAIRE

VI.

LA LAMPE DU SANCTUAIRE

> Arrêtez-y vos yeux comme sur un
> flambeau qui luit dans un lieu obs-
> cur, jusqu'à ce que le jour brille,
> et que l'étoile du matin se lève dans
> vos cœurs.
>
> S. PIERRE. IIe EPÎT. I, 19.

> Il y a assez de lumière pour ceux
> qui ne désirent que de voir, et assez
> d'obscurité pour ceux qui ont une
> disposition contraire.
>
> PASCAL.

> La foi commence où finit l'orgueil.
> DE LAMENNAIS.

Le long des noirs arceaux et sous les voûtes sombres
La lampe de l'autel jette ses feux tremblants,
Et sur les lourds piliers, sur les murs vacillants
Des images des saints je vois glisser les ombres.

Une profonde paix règne dans le saint lieu ;
Les voix, les chants sacrés, l'orgue, tout fait silence ;
Ainsi qu'un globe d'or la lampe se balance,
Et ses pâles rayons s'épanchent devant Dieu.

Ses paisibles lueurs, dans la nuit solennelle,
A mes yeux recueillis brillent comme un fanal ;
Et de mille rubis colorant le cristal,
Sur les parvis sacrés la lumière ruisselle.

De ses feux affaiblis cette douce clarté
Illumine l'autel, emplit le sanctuaire ;
Mais la profonde nef qu'aucun rayon n'éclaire,
Garde encore en ses flancs sa sainte obscurité.

C'est ainsi qu'ici-bas la foi nous illumine ;
Sur les sommets divins elle jette ses feux,
Mais laisse à l'infini ses côtés ténébreux,
Son ombre, son mystère à la sainte doctrine.

L'ÉGLISE

VII.

L'ÉGLISE

Il y a du plaisir d'être dans un vaisseau battu de l'orage, lorsqu'on est assuré qu'il ne périra point.

PASCAL.

Raisonne, moi j'admire; dispute, moi je crois.

S. AUGUSTIN.

L'Église est immortelle et demeure toujours au-dessus de la ruine qui menace les choses humaines.

BOSSUET.

I.

Courbé sous le fardeau du premier anathème,
Depuis que de l'Eden il avait fui le seuil,
Semblable au criminel qu'attend l'heure suprême,
De son bonheur perdu l'homme menait le deuil,

Nul rayon ne brillait dans cette nuit profonde;
Les fronts étaient penchés, les cœurs muets d'effroi;
Et la mort étendant ses ailes sur le monde,
    Disait : « Cette terre est à moi ! »

Toujours à l'horizon des visions funèbres,
Une vague terreur pesait sur l'univers,
Et les peuples, sans guide au milieu des ténèbres,
Erraient comme un troupeau perdu dans les déserts.
Partout l'idolâtrie, enfant de l'imposture,
Des temples profanés chassait la vérité;
L'égoïsme éteignait de son haleine impure
    Les flammes de la charité.

II.

Les temps sont arrivés ! silence !
Quel bruit, quel souffle impétueux !
Un nouveau monde, prend naissance
Et l'Eglise descend des cieux !
Bientôt dans la ville éternelle
Dieu pose la pierre immortelle
Qui doit être le fondement;
Et, sur le roc du Capitole,

Il élève d'une parole
L'impérissable monument.

Comme on allume, sur la plage ,
Des feux amis et bienfaisants,
Pour conduire au sein de l'orage
Le vaisseau battu par les vents;
Ainsi Dieu, pour guider le monde,
Fait jaillir de la nuit profonde
Le phare allumé de sa main,
Qui, du sommet des sept collines,
Projette ses clartés divines
Sur la route du genre humain.

Sur les murs de Rome païenne
Le Christ plante ses étendards;
Le monde croit; l'onde chrétienne
A touché le front des Césars.
L'Eglise poursuit sa conquête,
Le Sicambre courbe la tête
Et reçoit le joug de la foi;
Et la croix, glorieux symbole,
Etend, de l'un à l'autre pôle,
L'empire immortel de sa loi.

Mais j'entends gronder la tempête !
Traînant l'Orient sur ses pas,
Je vois l'Arabe et son prophète
Préparer de nouveaux combats.
L'Enfer s'émeut, la Barbarie,
Comme un torrent plein de furie,
Fond sur l'Occident menacé;
« Dieu le veut ! » La France se lève,
La papauté lui ceint le glaive,
Et l'infidèle est terrassé !

L'ignorance, sombre nuage,
De son ombre obscurcit le ciel,
Et, dans la nuit du moyen-âge,
L'Eglise encor poursuit son duel.
A la force, à la violence
Elle n'oppose, pour défense,
Que ses bienfaits, que son amour;
Puis, au fond de ses solitudes,
Elle ranime les études,
Flambeau qui deviendra le jour.

Rome succède à l'Ionie,
Et devient la reine des arts;

Léon Dix parle, et le génie
Partout renaît sous ses regards,
La muse du Tasse soupire,
La toile s'anime et respire
Sous le pinceau de Raphaël;
Et, le front brillant de lumière,
L'Italie inspirée et fière,
Chante son poème immortel.

Ainsi de ses mains toujours pleines,
L'Eglise, en son cours glorieux,
Aux générations humaines
Rompt la vérité, pain des cieux;
Et passant à travers les âges,
Elle verse sur ses rivages
La paix, la vie et le bonheur,
Comme le fleuve aux vastes ondes,
Qui partage aux plaines fécondes
Son flot limpide et sa fraîcheur.

III.

Courage donc, poursuis tes grandes destinées,
Toi que n'ont fait pâlir l'erreur ni les années !

Marche, les yeux levés, héritière du Christ,
Dans les hauteurs du ciel ton triomphe est écrit.
En vain, pour affaiblir tes forces renaissantes,
S'élèvent jusqu'à toi des clameurs impuissantes;
Dans ton sublime essor qui pourrait t'arrêter ?
L'aigle que des enfants s'efforcent d'insulter,
Quand son aile l'emporte au séjour du tonnerre,
Monte encore et se rit des vains bruits de la terre.
Marche ! pour t'indiquer les écueils du chemin,
N'as-tu pas sur ta proue un pilote divin ?
O barque du pêcheur, ne crains point les orages;
 Va ! cingle vers l'éternité ;
Et porte, sans faiblir, sur l'océan des âges,
 Les destins de l'Humanité !

LE SACERDOCE

VIII.

LE SACERDOCE

Allez, enseignez toutes les nations.
MATTH., XXVIII, 19.

Vous voulez prendre leur croix
d'or ; eh bien ! ils prendront une
croix de bois , et c'est une croix
de bois qui a sauvé le monde !

DE MONTLOSIER.

L'évêque était debout , et les jeunes lévites

Priaient avec ardeur sur la dalle étendus;

Du rituel sacré les prières bénites

Passaient, en les courbant, sur les fronts éperdus;

Une sainte terreur, troublant le cœur des mères,

Planait sur l'assemblée, en agitait les flots,

Et dans les cœurs émus les vœux et les prières

Se mêlaient en secret aux larmes , aux sanglots.

Seigneur, que ta grâce descende
Comme un rayon parti du ciel,
Et que ta lumière répande
Dans leurs cœurs l'amour éternel;
Parle, ta puissante parole
Enverra l'Esprit qui console,
Le Rayon-Dieu, sorti de Dieu,
Et nous verrons, nouveau miracle,
Comme autrefois dans le cénacle,
S'allumer les langues de feu !

D'un regard soutiens leur faiblesse,
Bénis leur sublime dessein,
Donne à leurs lèvres la sagesse
Et mets la force dans leur sein ;
Qu'ils sachent dans leurs saintes voies
Mépriser les terrestres joies
Et l'attrait des plaisirs trompeurs;
Qu'ils gardent leur âme sereine,
Et bravent les cris de la haine,
La foule et ses rires moqueurs.

L'homme, comme un troupeau sans guide,
Aux sentiers de l'erreur se perd,

Et le monde erre dans le vide
Ainsi qu'Israël au désert.
Il est temps qu'un autre Moïse
Lui montre la terre promise
Par delà le ciel dévorant ;
Que des flancs de la roche aride
Il fasse pour sa lèvre avide
Jaillir le flot pur du torrent.

Hélas ! le froid gagne le monde,
Les cœurs tremblent d'un vague effroi,
Presque seul, dans la nuit profonde,
Le lévite a gardé sa foi ;
Lui seul, pour réchauffer la terre,
A la lampe du sanctuaire
Peut rallumer le feu nouveau,
Et, pour illuminer les âmes,
Des rayons des célestes flammes
Ressusciter le pur flambeau.

Au milieu d'un siècle où le doute
De son souffle a tout infecté,
Que d'âmes ont quitté la route
De la foi, de la vérité !

Ah ! pour la brebis qui s'égare,
Seigneur, que ta grâce prépare
Un prêtre, un apôtre, un grand cœur,
Qui la poursuive, la console,
Et la chargeant sur son épaule,
La ramène au divin Pasteur !

Les lévites pieux s'étaient lévés ; leur âme
A dans les feux du ciel retrempé sa vigueur ;
L'Esprit-Saint sur leurs fronts a répandu sa flamme,
Et la grâce du Christ a transformé leur cœur.
Allez, anges de paix , et du haut des montagnes,
Annoncez le salut et les biens immortels ;
La céleste moisson blanchit dans les campagnes,
C'est à vous d'en remplir les greniers éternels.

L'ALCYON

IX.

L'ALCYON

Les halcyons font leurs nids comme une paume , et ne laissent en
iceux qu'une petite ouverture du cos-
té d'en-haut , ils les mettent sur le
bord de la mer , et au demeurant les
font si fermes et impénétrables , que
les ondes les surprenant, jamais l'eau
n'y peut entrer ; ains tenant toujours
le dessus , ils demeurent emmy la
mer , sur la mer , et maistres de la
mer. Votre cœur , chère Philotée ,
doit estre comme cela , ouvert seule-
ment au ciel.

ST. FRANÇOIS DE SALES.

L'océan sombre mugit

    Et rugit

Sous le souffle des orages ;

Et poussant de longs sanglots,

    De ses flots

Il ébranle ses rivages.

A l'horizon , dans la nuit,
L'éclair luit ,
Jaillit des flancs de la nue ;
Et tous les vents à la fois
De leurs voix
Jettent la plainte inconnue.

Sous les coups du flot mutin ,
Le marin
Entend crier sa nacelle ,
Et se courbe avec effort ,
Demi-mort ,
Sur la rame qui chancelle.

Calme et sans émotion ,
L'alcyon
Sent flotter le nid tranquille
Dont il tressa le faisceau ,
Et sur l'eau ,
Dort au fond de cet asile.

L'abîme entr'ouvre son sein,
  Mais en vain ;
Le flot passe sur sa tête ;
L'oiseau cherche au ciel vermeil
  Le soleil ,
Et sourit à la tempête.

Ainsi calme et plein de foi ,
  Sans effroi ,
Le chrétien subit l'orage ;
Bientôt rasant le récif ,
  Son esquif
Touche à l'éternel rivage.

LE SIÈCLE DE VOLTAIRE

X.

LE SIECLE DE VOLTAIRE

> Les incrédules ont creusé un abîme, et le terrain est retombé sur eux.
>
> VOLTAIRE.
>
> En vérité, il est glorieux à la religion d'avoir des ennemis si déraisonnables !
>
> PASCAL.
>
> Lorsqu'il y a débordement de crimes, il y a toujours débordement de sang.
>
> J. de MAISTRE.

Parfois sur la campagne un vent brûlant se lève,
L'oiseau plaintif soudain fuit et gagne la grève ;
Le sable sur la plaine, en épais tourbillons,
Roule et comme une mer s'étend sur les sillons;

Le jour se volle, au loin règne une nuit épaisse;
L'herbe périt, la fleur sur sa tige s'affaisse;
De brûlantes vapeurs, en passant sur les blés,
Sèment partout la mort dans les champs désolés,
Et cherchant, mais en vain, l'eau pure des fontaines,
Les troupeaux haletants périssent dans les plaines.

Quand l'incrédulité, ce fléau pestilent,
Répand sur les esprits son souffle désolant,
Alors tout meurt aussi, tout se fane, et les âmes
Que la foi nourrissait, réchauffait de ses flammes,
Sont atteintes soudain de mortelles langueurs;
Une torpeur secrète énerve tous les cœurs.
Le poison destructeur, viciant l'atmosphère,
Dessèche les esprits, les courbe vers la terre;
Le dévoûment s'éteint, et l'aveugle raison
Aux vils plaisirs d'un jour borne son horizon.

Oh ! qu'aux siècles passés notre France était belle,
Quand fière de sa foi, s'abritant sous son aile,
Elle savait encor, dans sa simplicité,
Mourir pour sa croyance et pour la vérité !
Partout des nations elle marchait la reine;
Bayard mourait pour elle, elle enfantait Turenne;

Corneille l'entraînait par ses mâles accents,
Pour la charmer Racine exhalait ses doux chants;
Bossuet de ses héros pleurait les funérailles,
Et la main du grand Roi lui bâtissait Versailles;
La race des Condés portait ses étendards;
Le compas de Vauban la ceignait de remparts;
Et des feux du génie et de l'art couronnée,
Elle imposait sa langue à l'Europe étonnée.

Tandis que, sceptre en main, la France ainsi jouait,
Comme un astre sinistre alors vint Arouet.
Chez un peuple léger, le rire et l'ironie
Du nouveau Démocrite armeront le génie;
Tout ce que jusqu'ici le monde a respecté,
La vertu, la pudeur, la foi, l'autorité,
Rien n'est sacré pour lui. Dans la fange il se joue;
Sur la sainte Bergère il fait jaillir la boue.
Son génie effronté, son talent séducteur
Se fera, sans vergogne, hypocrite et menteur.

Le blasphème et l'insulte infecteront sa prose,
Et son vers bavera sur toute sainte chose.
Dans la coupe du vice et de la volupté
Il verse les poisons de l'incrédulité;

Des dogmes d'Epicure il rédige le code,
Par lui le scepticisme est bientôt à la mode,
Et le doute moqueur, grâce à son art pervers,
Sous les airs du bon ton envahit l'univers.

Le vertige insensé gagne un siècle frivole,
Et pendant soixante ans Voltaire est son idole;
Le vice a le front haut, la licence est partout,
Et la société s'amuse et rit de tout.
Le scandale s'assied sur les marches du trône;
A toutes les erreurs la raison s'abandonne;
Mais Dieu, qui sait donner de terribles leçons,
D'un éclat de sa foudre interrompt ces chansons,
Et terrassé du coup, le siècle de Voltaire
Vient rouler, tout sanglant, aux pieds de Robespierre.

Triomphe, siècle impie ! une plèbe en fureur
Arrache aux saints frontons la croix du Rédempteur.
La révolution par décrets assassine,
Et, pour régénérer dresse la guillotine.
La vertu fait le crime, et martyr glorieux,
Le fils de saint Louis meurt et remonte aux cieux;
Au bourreau, chaque jour, il faut des hécatombes,
Et Saint-Denis des rois voit profaner les tombes.
Triomphe, siècle impur, et mets sur ton blason,
Auprès d'un échafaud la Déesse-Raison !

Et je vois se lever les époques passées,
Le front illuminé des rayons de la foi.

Dites moi, vieux débris, vous souvient-il encore
De ces jours où, debout et la croix pour drapeau,
Sur les bords du Jourdain, aux champs où naît l'aurore,
Le monde allait du Christ conquérir le tombeau ?

Vous avez vu peut-être au pied de vos murailles
Courir dans les tournois Bayard ou Duguesclin ?
Ou la sainte Pucelle à travers les batailles
Ressusciter les lis penchants à leur déclin ?

Peut-être avez-vous vu quelque vieux roi de France
Du haut de vos donjons convoquer ses soldats,
Et du sol profané cherchant la délivrance,
L'oriflamme à la main s'élancer aux combats ?

Mais peut-être, qui sait ? de pieux cénobites
Dans ces paisibles murs avaient-ils leur abri ?
Peut-être les échos, sous ces voûtes bénites,
De la prière seule ont-ils connu le cri ?

Ici régnait la paix; les vains bruits de la terre
De l'asile sacré n'osaient franchir le seuil;

XI.

LES AGES DE FOI

> Sers Dieu; sois courtois envers
> tous en mettant l'orgueil à l'écart;
> ne flatte pas; sois loyal dans tes
> actions; tiens ta parole; secours
> les pauvres et les orphelins , et
> Dieu te récompensera. (La mère
> de Bayard à son fils).
>
> Heureux ceux qui vivaient dans ces siècles sublimes !
>
> V. Hugo.

Quand les rayons du soir meurent sur les collines,

Que la lune à pas lents s'élève à l'horizon,

J'aime, d'un pas rêveur, à fouler les ruines

Et les débris des tours épars sur le gazon.

Et mon âme au hasard laisse aller ses pensées;

Tous les vieux souvenirs se dressent devant moi,

LES AGES DE FOI

Ici, plus près du ciel, le pieux solitaire
Avait trouvé déjà le calme du cercueil.

Jours heureux de la foi, de la chevalerie,
Revenez échauffer l'esprit des temps nouveaux;
Qu'un de vos rayons brille, et pour notre patrie
Nous verrons se lever encor des jours plus beaux !

LES THÉBAIDES

XII.

LES THÉBAIDES

> O beata solitudo,
> O sola beatitudo.
>
> S. BERNARD.
>
> O soucis insensés des mor-
> tels qui s'agitent là-bas dans
> leurs ambitions misérables,
> tandis que moi, libre de
> toutes ces choses, j'étais
> monté avec Béatrice jusqu'au
> ciel.
>
> DANTE. PARADIS. XI.

De la foi sur les cœurs qui dira la puissance ?
Sous ses feux bienfaisants, sous sa sainte influence,
Une sève nouvelle, animant l'univers,
Fait reverdir les bois, refleurir les déserts.
Ils sont venus les jours chantés par les prophètes !
Voici que le Liban, pour peupler ses retraites,

Des purs enfants d'Elie antique et saint berceau ,
Voit , parmi ses rochers , naître un peuple nouveau.
La grâce à flots descend des célestes nuées ,
Et d'un souffle puissant les âmes remuées ,
Pour mieux respirer l'air et les brises du ciel ,
Vont abriter leur tente aux cimes du Carmel.

Puis sur les bords du Nil , au pied des Pyramides ,
L'Egypte aux fils d'Antoine ouvre ses Thébaïdes.
Là , renonçant au siècle et fuyant ses plaisirs ,
Viennent de toutes parts , volontaires martyrs ,
Les riches , les puissants ; pour le froc de l'esclave
Le fier patricien quitte le laticlave ;
Le Proconsul , naguère entouré de licteurs ,
Pour vivre humble et petit , abdique les honneurs ;
La haire du soldat cache les cicatrices ;
La toge du sophiste a fait place aux cilices ,
Et , cédant aux attraits de l'invisible amour ,
Pour la paix du désert Arsène fuit la cour.

Cachés dans le silence et dans la solitude ,
Ces hommes du salut font leur unique étude ;
Les faux biens d'ici-bas ne touchent point leur cœur ,
Et dans l'oubli du monde ils mettent leur bonheur.
Du torrent solitaire ils boivent l'onde pure ,.

De la datte sauvage ils font leur nourriture,
Le palmier de son ombre abrite leur sommeil,
Leur prière souvent devance le soleil ;
Des anges, sur la terre, ils retracent la vie,
Et parfois, ô prodige ! ainsi qu'au temps d'Elie,
Envoyés par le ciel pour apaiser leur faim,
Les corbeaux, chaque jour, leur apportent le pain.

Mais que vois-je ? déjà d'autres anachorètes,
De l'Europe étonnée ont peuplé les retraites.
Rome tombe, et Benoît, ouvrant ses saints abris,
Du monde naufragé recueille les débris.
Les esprits, fatigués des discordes civiles,
Vont chercher le repos et des jours plus tranquilles
Aux grottes de Sublac, aux rocs du Mont-Cassin.
Les enfants de Benoît peuplent chaque ravin.
Leurs loisirs sont féconds, et leur vie est austère ;
Le travail, nuit et jour, s'y joint à la prière.
Bientôt, la bêche en main, ces pieux travailleurs
Transformeront les champs baignés de leurs sueurs ;
Et les vastes forêts, et les landes désertes
De troupeaux, de gazons, de blés seront couvertes.
Etrangers sur la terre et n'aspirant qu'aux cieux,
Ils suivent leur chemin, pensifs, silencieux ;
Et tandis qu'autour d'eux tout s'élève ou tout tombe,

Sans se laisser distraire , ils marchent vers la tombe.
Dans ce terrestre exil leur âme a soif de Dieu ;
Et , s'arrachant à tout par un suprême adieu ,
Pour traverser la mer en naufrages féconde ,
Ils ont quitté le poids des richesses du monde.

Combien de fois pourtant , au milieu des déserts ,
Leurs soupirs ont troublé le silence des airs !
Combien de fois l'écho , dans les sombres vallées ,
Répéta leurs soupirs , leurs plaintes désolées !
Dans les sables brûlants , sous un ciel enflammé ,
Par les veilles , le jeûne à demi consumé ,
Dans le calme des nuits , combien de fois Jérôme
Vit de Rome , à ses yeux , se dresser le fantôme ,
Et le folâtre essaim des coupables plaisirs ,
Pour agiter son cœur , souiller ses souvenirs !
Alors , pour apaiser cette lutte intestine ,
Sous les cailloux sanglants il meurtrit sa poitrine ,
De ses désirs fougueux il amortit les traits ,
Et , vainqueur de lui-même , il retrouve la paix.
C'est ainsi que la foi , par sa force invincible ,
Allumait dans les cœurs l'amour de l'invisible ,
Savait des sens grossiers dompter les appétits ,
Et de l'amour terrestre affranchir les esprits.

Quand l'or seul est le but de toutes les pensées ,
Qui viendra relever les âmes abaissées ?
Quel céleste rayon , illuminant nos yeux ,
Relèvera nos cœurs et nos fronts vers les cieux ?
Brises , qui visitiez les cloîtres solitaires ,
Soufflez , comme autrefois , du fond des monastères ;
Que votre aile , trempée aux parfums du Carmel ,
Verse à la terre un peu de la fraîcheur du ciel !
Soufflez , faites encor jaillir ces eaux limpides
Dont le flot pur jadis baignait les Thébaïdes !

LA VEILLEUSE

XIII.

LA VEILLEUSE.

> L'intelligence succèdera à la foi,
> et le Verbe nous éclairera un jour
> d'une lumière purement intelli-
> gible.
>
> MALEBRANCHE.

> Heureux, trois et quatre fois
> heureux ceux qui croient ! Ils ne
> peuvent pleurer sans penser qu'ils
> verront la fin de leurs larmes.
>
> CHATEAUBRIAND.

La lune dans les airs monte paisible et lente,
Le silence et la nuit s'étendent dans les cieux,
Et la lampe d'argile en flots silencieux
Verse timidement sa lumière tremblante.

Le malade assoupi dans les ombres du soir
Bénit, en s'éveillant, sa lueur incertaine,
Lorsqu'il voit devant lui le crucifix d'ébène
Sourire à sa souffrance et lui parler d'espoir.

5

Et l'enfant au berceau , quand le jour se retire ,
Dans son vague rayon croit retrouver le jour ;
Et, comme dans un rêve inspiré par l'amour ,
Il voit à son chevet sa mère lui sourire.

Il est minuit , tout dort ; la lampe aux pâles feux
Brille dans la mansarde , et la jeune ouvrière ,
Avant de s'endormir , murmure une prière ,
Et suit de ses lueurs le caprice et les jeux.

De ses faibles rayons comme tout s'illumine !
Tous les objets , baignés d'une molle clarté ,
Reflètent doucement l'ineffable beauté
Que notre âme parfois dans ses rêves devine.

Mais déjà le jour brille à l'horizon vermeil ;
La lampe meurt ; ainsi la foi, sur cette terre ,
Projette sur nos pas son obscure lumière ,
Et s'éteint aux splendeurs de l'éternel soleil.

LE FOYER

XIV.

LE FOYER.

> Que d'idées antiques et touchantes s'attachent à notre seul mot de *foyer* !
>
> CHATEAUBRIAND.

Le foyer ! c'est le sanctuaire
Où l'âme se forme et grandit ,
Où la croyance héréditaire
Comme la flamme resplendit.
Ainsi que l'oiseau dans la haie,
Aux premiers rayons du printemps ,
Là l'enfant rit , chante et s'égaie ,
Là sa voix gazouille en tout temps :
Et quand son âme s'illumine
Des feux de la grâce divine ,
Et s'ouvre du côté des cieux ,

Le soir, aux genoux de sa mère,
Sa bouche redit la prière
Et le symbole des aïeux.

O temps heureux , jours éphémères !
Foyer , nid des saintes amours ,
Où le cœur, malgré ses détours ,
Malgré ses erreurs passagères ,
Finit toujours par revenir ,
Aujourd'hui mon âme lassée
Des longs travaux de la pensée,
Des vains projets de l'avenir ,
Au terme de l'aride voie ,
Comme un dernier reste de joie ,
Garde encor votre souvenir.

Au coin de l'âtre solitaire ,
Sous le vieux crucifix de bois ,
Je vois encor prier ma mère ,
Et mon aïeule sous ses doigts
Dérouler les grains du rosaire ;
Tandis que pensif , soucieux ,
Las des travaux de sa journée ,
Mon père , des pleurs dans les yeux,

Tout en souriant à nos jeux ,
Rêvait à notre destinée.
Sous sa robe de parchemin ,
Je vois encor la vieille Bible,
Où l'art , d'une grossière main ,
Pour rendre le texte visible,
Avait tracé sur le vélin
Ses gothiques enluminures ,
Et noyé les saintes figures
Sous des flots d'ocre et de carmin.

Doux souvenirs de mon enfance ,
Ah ! restez toujours avec moi !
Rendez-moi la sainte espérance ,
Dans mon cœur ranimez la foi !
Tant qu'au sein de notre patrie
Le culte du foyer vivra ,
Pleine de puissance et de vie ,
La France toujours grandira ;
Et dans cette source immortelle
Puisant une sève nouvelle ,
On la verra , dans ses revers ,
Renaître au milieu des orages ,
Et , bravant l'injure des âges ,
Rester reine de l'univers.

JEANNE D'ARC

XV.

JEANNE D'ARC.

> Quand tout semble perdu, c'est
> l'heure des grandes âmes.
> LACORDAIRE.
>
> Jeanne d'Arc peut être offerte com-
> me le symbole du sacrifice de la vie
> le plus beau et le plus chrétien.
> GOERRES.

I.

LA CHAUMIÈRE. — DOMRÉMY.

Le royaume des lis penchait à sa ruine.

Vainqueur dans cent combats, l'orgueilleux Léopard

Sur la terre des Francs plantait son étendard.

Dans les murs de Paris l'usurpateur domine ;

Un indigne repos, la peur, la trahison

Laissent périr la France et vendent son blason...

D'où viendra le salut ? d'où la force divine ?

Pourtant le peuple encor garde sa vieille foi.
Le soir, près du foyer, on pleure, et sous le chaume
On raconte tout bas les malheurs du royaume :
« Qui donc de l'étranger affranchira le roi ?
» Pour repousser l'Anglais du sol de notre France,
» Qui fera retentir le cri de délivrance ? »
Et Jeanne se levant : « Dieu m'appelle, c'est moi !

» Père, depuis longtemps, dans le fond de mon âme,
» Comme un secret du ciel je garde cet espoir ;
» Aujourd'hui, j'obéis à ce sacré devoir.
» Dieu veut sauver les lis par les mains d'une femme.
» Contre la voix d'en-haut j'ai longtemps combattu;
» Le ciel me donnera la force et la vertu,
» Puisqu'il a dans mon cœur mis cette sainte flamme.

» Quand dans les champs voisins je menais mes brebis,
» Là-bas, sous le vieux hêtre, au pied de la colline,
» De l'archange Michel j'ai vu l'ombre divine,
» Et souvent entendu les voix du paradis :
» — Laisse-là tes troupeaux, tes parents, ton village,
» Tu dois au gentil roi rendre son héritage
» Rétablir la splendeur du royaume des lis.

» L'Anglais étend partout sa course sacrilége ;
» Mais Dieu pour l'arrêter choisit ton faible bras ;
» Tu verras le succès s'attacher à tes pas.
» Tu feras d'Orléans lever d'abord le siége,
» Puis aux yeux des Anglais, immobiles d'effroi,
» Dans Reims même sacrer et couronner le roi.
» Aux armes ! Dieu le veut, et sa main te protége ! —

» Chaque soir, sous le chêne, ainsi parlent les voix.
» Et quand viendra pour moi l'heure d'être équipée,
» Je dois de Charlemagne aller ceindre l'épée
» Que garde en ses vieux murs l'église de Fierbois.
» Adieu, ma mère ! adieu, ma paisible chaumière !
» Je pars, le clairon sonne, et ma blanche bannière
» Porte, pour me garder, le signe de la croix. »

II.

LE COMBAT. — ORLÉANS.

La vierge est à cheval; une pesante armure
A voilé les contours de sa poitrine pure.
Sa bannière à la main, le feu dans les regards,
Voyez-la d'Orléans mesurer les remparts !
Autour d'elle Dunois et Lahire et Xaintraille

Marchent, la lance au poing, et règlent la bataille.
Le Français, sur ses pas, retrouve son ardeur;
L'étranger dans ses rangs sent se glisser la peur.
Quittant son destrier, l'intrépide guerrière
Trois fois a parcouru l'enceinte meurtrière ;
Son œil étincelant brille d'un saint courroux :
« A l'assaut, chevaliers ! les Anglais sont à nous ! »
Elle dit ; et son bras déjà dresse une échelle.
L'ange qui suit ses pas la couvre de son aile.
Elle monte , elle court, son oriflamme en main ;
Sous le fer ennemi le sang rougit son sein :
• Soldats , voyez mon sang , il coule pour la France;
» Mais contre l'étranger il demande vengeance !
» Les Anglais sont à nous ! » Et son blanc étendard,
Percé de mille coups, flotte sur le rempart.
L'Anglais, à ce signal, s'enfuit , pâle de crainte,
Et va, pour s'y cacher , chercher une autre enceinte.
Et Jeanne bénit Dieu qui couronne sa foi ,
Prend les clefs d'Orléans et les rend à son roi.

III.

LE TRIOMPHE. — RHEIMS.

Sous ses immenses nefs la vieille cathédrale
Voit s'entasser les flots de la pompe royale.

Autour du trône d'or, les preux, les chevaliers
Agitent leurs pennons, frappent leurs boucliers,
Et sous les noirs arceaux, tendus d'or et de soie,
Comme une mer, ondule un peuple ivre de joie.
Sous le manteau de pourpre, orné de fleurs de lis,
Charles tient dans ses mains le sceptre de Clovis.
Un silence profond règne en la vaste enceinte.
L'archevêque est debout ; les flots de l'huile sainte,
Ainsi qu'aux anciens jours ruisselant sous ses doigts,
Coulent sur le monarque et consacrent ses droits.
— « Que Dieu garde le roi ! que sa vaillante épée
» Dans le sang innocent ne soit jamais trempée !
» Le sceptre de justice est remis à sa main
» Pour qu'il puisse venger la veuve et l'orphelin ;
» De son peuple il promet de garder les franchises,
» De briser des méchants les folles entreprises,
» De prêter à l'Eglise, aux pauvres son secours ;
» Que Dieu garde le roi ! qu'il règne de longs jours ! »

Et le prince, à genoux, sous le nard qui ruissèle,
A ces serments sacrés jure d'être fidèle.
Les cloches dans les airs résonnent ; mille oiseaux
Entrelacent leur vol sous les sombres arceaux,
Et de la liberté reconnaissant l'augure,

Le peuple les accueille avec un long murmure.
Au milieu de ces cris , de ces effusions,
Et suivant de son cœur les saintes visions ,
A la droite du roi , l'héroïque bergère,
Immobile et pensive, inclinait sa bannière :
Et sa lèvre , à l'aspect des miracles de Dieu,
Au bonheur, en secret, jette un suprême adieu.

IV.

LE MARTYRE. — ROUEN.

Une vague rumeur a soulevé la ville,
Où court, de toutes parts, cette foule imbécille !
Sur la place déjà l'échafaud s'est dressé.
L'Anglais attend; autour de l'héroïque fille
La flamme du bûcher déjà luit et pétille;
La vierge est prisonnière , et l'Anglais est pressé.

Le feu monte, grandit : l'Anglais hurle de joie ;
La flamme en tourbillons ondule et se déploie,
Le sarment que le soufre enveloppe , se tord.
Et la vierge, au milieu des torrents de fumée,
Sent bouillonner sa chair à demi consumée,
Et se fondre ses os sous le feu qui la mord.

Et ses lèvres du Christ baisaient l'image sainte;
Debout sur le bûcher , sans faiblesse , sans plainte ,
Son œil s'illuminait d'un rayon immortel :
Et tandis que l'Anglais, lui jetant ses injures,
De sa lente agonie épiait les tortures,
Son âme avait déjà pris son vol vers le ciel.

Et ses bourreaux aux vents dispersent sa poussière...
Sainte fille des champs , dans le vieux cimetière,
Tu ne dormiras point près des vierges , tes sœurs :
La terre dans son sein ne garde point tes restes ,
Mais ta grande âme habite aux régions célestes ,
Et ta mémoire vit au fond de tous les cœurs !

L'HIRONDELLE

XVI.

L'HIRONDELLE

Connaissez-vous le pays où les
citronniers fleurissent , où dans
le sombre feuillage , rougissent
les oranges d'or , où la douce
brise soupire sous un ciel d'azur;
le connaissez-vous ? c'est là, c'est
là que je voudrais aller !

GOETHE.

Heureuses les oreilles qui saisis-
sent les sons du langage divin , et
qui n'entendent pas les vains
bruits du monde !

IMITATION DE JÉSUS-CHRIST.

J'aime à te voir , ô douce et frêle créature,

Lorsqu'au printemps tout rajeunit ,

Quand la brise de mai réveille la nature ,

Sous mon vieux toit poser ton nid !

Aux premiers feux du ciel quand je te vois paraître
  Tes chants m'annoncent les beaux jours ,
Et dans le vaste azur , penché sur ma fenêtre ,
  Pensif , je suis tes longs détours.

J'entends avec bonheur tes petits cris de joie ,
  Lorsque , sur les flots azurés ,
Tu vas , capricieuse et d'un vol qui tournoie ,
  Chasser les moucherons dorés.

Puis dans les champs muets lorsque le froid automne
  Jette ses rayons attristés ,
Quand de rameaux jaunis la forêt se couronne ,
  Le soleil de pâles clartés,

Alors , prenant ton vol vers les plages lointaines ,
  Au-delà de la vaste mer ,
Appelant les zéphirs et leurs tièdes haleines ,
  Tu fuis les rigueurs de l'hiver.

Mais à ton nid natal tu demeures fidèle.
  Et quand le ciel devient plus doux ,

Une secrète voix te rappelle, et ton aile
    Te ramène encor parmi nous.

Ah ! puissé-je, exilé sur cette froide terre,
    Loin du rivage paternel,
Entendre comme toi cette voix solitaire
    Qui parle à mon âme du ciel !

L'ÉTINCELLE SOUS LA CENDRE

XVII.

L'ÉTINCELLE SOUS LA CENDRE.

Cinerem et sopitos suscitat ignes.
VIRGILE.
Et pensif, je sentis que je gardais encore
Dans un pli de mon cœur de moi-même ignoré,
Un peu de vieille foi, parfum évaporé.
HÉG. MOREAU.

Tout sous le sombre toit repose ; il est minuit,
Et l'étincelle dort sous la cendre assoupie.
Le silence est partout, et la famille oublie
Les longs travaux du jour dans la paix de la nuit.

Dans les foyers éteints l'étincelle sommeille ;
Mais que le nouveau-né gémisse en son berceau,
A ses cris tout-à-coup la flamme se réveille,
Et de ses doux rayons rallume le flambeau.

La mère , pour garder sa couche chaste et pure,
A son travail du jour devançant le matin ,
Eveille aussi la flamme , et , sous la lampe obscure,
Partage à sa servante ou la laine ou le lin.

Dans les feux de la fièvre , étendu sur sa couche ,
Le pauvre de sa flamme implore les bienfaits ;
A la boisson tiédie il rafraîchit sa bouche,
Et , bénissant le ciel , il se rendort en paix.

Aux jours de notre exil , la céleste étincelle ,
La foi semble souvent sommeiller dans nos cœurs ;
Mais , semblable au rayon que la cendre recèle ,
A son heure , elle brille et calme nos douleurs.

LA CATHÉDRALE

XVIII.

LA CATHÉDRALE.

Jamais on n'entre dans les églises
catholiques, sans ressentir une émotion qui fait du bien à l'âme, et lui
rend, comme par une ablution
sainte, sa force et sa pureté.
Mᵐᵉ DE STAEL.

Voyez ! la cathédrale, aux masses solennelles,
Se dresse, le front ceint de flèches, de tourelles,
De brume se couronne et se perd dans les cieux !
Son vaste frontispice, orné de ciselures,
Où se cachent les saints sous les sombres voussures,
Etonne le passant et fatigue les yeux.

Tantôt, deux sombres tours, comme deux sœurs jumelles,
De leurs sommets noircis, tout chargés de dentelles,
Tranquilles dans les airs, dominent la cité ;

Et tantôt , déroulant son immense spirale ,
Seule une tour s'élance , aiguille colossale ,
Comme un désir que l'art vers le ciel a jeté.

Sous les vastes arceaux et sous les voûtes sombres.
Les pâles feux du jour luttant avec les ombres ,
Répandent le silence , une secrète horreur ;
Et teints d'or et d'azur , des rayons fantastiques
Animent des vitraux les figures mystiques ,
Et versent sur les murs une vague lueur.

Soudain , prêtant son aile à la prière sainte ,
Sous les dômes obscurs de la profonde enceinte ,
En face des autels , l'orgue élève sa voix ;
Et ses vagues rumeurs ondulent sur la foule ,
Comme parfois , la nuit , au loin mugit la houle ,
Comme gémit l'orage à travers les grands bois.

Dans les tours , au dehors , le beffroi se balance ,
Et pendant qu'alentour tout repose en silence ,
Dans le calme des nuits lui seul ne s'endort pas :
Et sa voix , se mêlant au bronze des batailles ,
Pour les heures de fête et pour les funérailles
Jette ses carillons ou ses funèbres glas.

Le fidèle , couché sous le marbre des dalles ,
Dans les caveaux chargés de pierres sépulcrales ,
A trouvé le repos pour son dernier sommeil ;
Là , bercé par la foi qui console sa cendre ,
Et regardant le ciel d'où le jour doit descendre ,
Il dort , en attendant le suprême réveil.

Les révolutions , les siècles , la tempête
Ont battu l'édifice et passé sur sa tête ;
Et lorsqu'autour de lui tout tombe et se dissout ,
Elevant dans les cieux sa coupole tranquille ,
L'antique monument , sur sa base immobile ,
Comme la foi du Christ est là toujours debout.

L'ORGUE

XIX.

L'ORGUE.

> Une harmonie si belle et si douce
> ne peut venir que des cieux, où le
> bonheur est éternel.
> Dante, Parad.

Sous les profonds arceaux la voix de l'orgue roule ;
C'est des combats sanglants la trompette d'airain ,
Sous les saules en fleurs c'est le ruisseau qui coule ,
C'est l'oiseau qui gémit , c'est l'orage lointain.

Pour former les accords de l'instrument sublime ,
Tous les échos du ciel éclatent à la fois ;
Pourtant une seule âme , un même souffle anime ,
Fait parler , tressaillir l'orchestre aux mille voix.

Et le peuple , à genoux , le front dans la poussière ,
Sent s'échapper son âme à ces divins accents ;

7

Et des cœurs , en secret , l'extase , la prière
Jusqu'au trône de Dieu montent avec l'encens.

Dans l'espace infini les âmes élancées
Vibrent , à l'unisson , d'un sentiment pieux ;
Une même foi vit dans toutes les pensées ,
A la fois les inspire et les emporte aux cieux.

LE SYMBOLE CATHOLIQUE

XX.

LE SYMBOLE CATHOLIQUE.

Comme il n'y a qu'un seul soleil dans l'univers, on ne voit dans toute l'Eglise depuis une extrémité du monde jusqu'à l'autre que la même lumière de vérité.
S. IRÉNÉE.

La seule Eglise catholique remplit tous les siècles.
BOSSUET.

Certainement l'homme n'est point à lui-même sa sagesse et sa lumière; il y a une raison universelle qui éclaire tous les esprits.
MALEBRANCHE.

Adam naît, Dieu lui parle ; à cette voix divine
La foi germe en son cœur : il adore et s'incline,
Et de l'Etre éternel reconnaissant les droits,
Le front dans la poussière, il murmure : Je crois.
Et puis, de siècle en siècle, en traversant les âges,
Cette voix retentit, court sur toutes les plages :

Et le temps prolongeant ses échos solennels,
Elle grandit, éclate et s'impose aux mortels.

C'est ainsi que du ciel descendit le symbole.
Sous la tente d'abord la céleste parole
Du patriarche errant vint soutenir l'espoir,
Et sa douce lueur lui permit d'entrevoir,
A l'horizon noyé dans une nuit profonde,
L'étoile de Jacob se levant sur le monde.
Du temple de Sion l'unique majesté
Plus tard de Jéhovah proclame l'unité,
Et le sang qui ruisselle à l'autel de Solyme
Figure aux yeux le sang de la grande Victime.
Puis d'un regard de feu plongeant dans l'avenir,
Le prophète annonçait Celui qui doit venir.
Jessé voit une fleur sortir de sa racine,
Le tronc de David pousse une tige divine:
Bethléem, humble terre, un jour, réjouis-toi,
Au peuple d'Israël tu donneras son roi !
Sa vie humble confond l'orgueil et la science;
Il signe de son sang la nouvelle alliance;
Il est trahi, vendu comme un vil criminel :
Son peuple, hélas ! l'outrage et l'abreuve de fiel;
Muet comme l'agneau qu'on mène au sacrifice,
De la croix, sans se plaindre, il subit le supplice;

Mais bientôt de la tombe il sort victorieux,
Et près de l'Éternel va s'asseoir dans les cieux.

Et du sein du Cénacle une Eglise nouvelle ,
Au souffle de l'Esprit, sort brillante et plus belle.
Paul se lève, il s'élance, et franchissant les mers,
Comme un autre Alexandre il conquiert l'univers;
Pierre parle, et debout , du haut du Capitole,
Les clefs du ciel en main, proclame le symbole.

Comme un torrent , formé par les sources du ciel,
Promène au loin le cours de son flot éternel ;
Dans les profondes eaux , au pur courant du fleuve,
L'homme, les animaux, les gazons , tout s'abreuve;
Tout revit, tout renait ; la terre , sur ses bords.
De ses fleurs , de ses fruits épanche les trésors ;
Il reflète en son sein le ciel ; ses flots tranquilles,
Pour les alimenter, baignent les murs des villes;
Rien n'arrête son cours; par de vastes travaux
En vain l'homme entreprend d'emprisonner ses eaux;
Calme, et dormant au bruit de ses vagues profondes,
Le fleuve au sein des mers va perdre enfin ses ondes.
Tel de la foi du Christ le symbole divin,
Du haut du roc sacré coule et jaillit sans fin ;
Sa céleste rosée inonde au loin la terre ;
Toute âme à ce flot vif boit et se désaltère ;

Au contact de ses eaux le désert refleurit,
Le céleste moisson partout germe et mûrit ;
L'homme se sent au cœur une plus forte sève,
Son âme se ranime et son front se relève,
Et partout où s'étend le règne de la croix,
L'humanité s'affirme et rentre dans ses droits.
C'est en vain que l'erreur, en vain que l'hérésie
Veulent de leur limon troubler le flot de vie,
Qu'Arius, Julien, Mahomet et Luther
Apportent à cette œuvre ou l'astuce ou le fer,
Paisible, et dédaignant leurs efforts inutiles,
Le fleuve suit son cours, et ses ondes tranquilles,
Semant partout la vie et la fécondité,
Au rivage éternel portent l'humanité.

O foi de mes aïeux, symbole de ma mère,
Sois sur ma lèvre encore à mon heure dernière !
Contre toi notre siècle a beau se révolter ;
Si fier de sa science, il ne sait que douter.
Les systèmes nouveaux succèdent aux systèmes;
La nuit couvre toujours les éternels problèmes ;
Le Christ seul me répond quand je lui dis : Pourquoi ?
Et mon cœur n'a trouvé le jour que dans la foi.
Je crois ! cette parole illumine ma vie,
Et mon cœur ne veut point d'autre philosophie !

FIN.

TABLE

Roanne. — Imprimerie Ferlay.

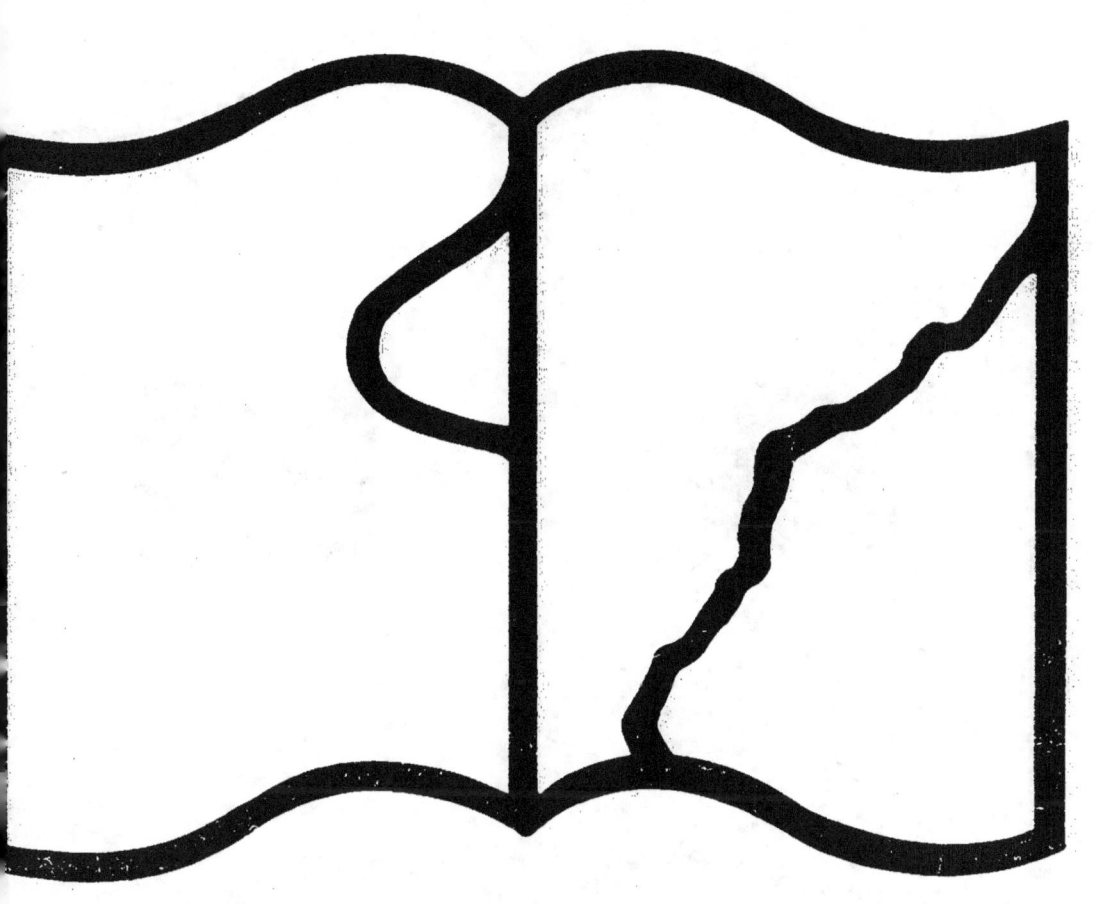

Texte détérioré — reliure défectueuse

NF Z 43-120-11

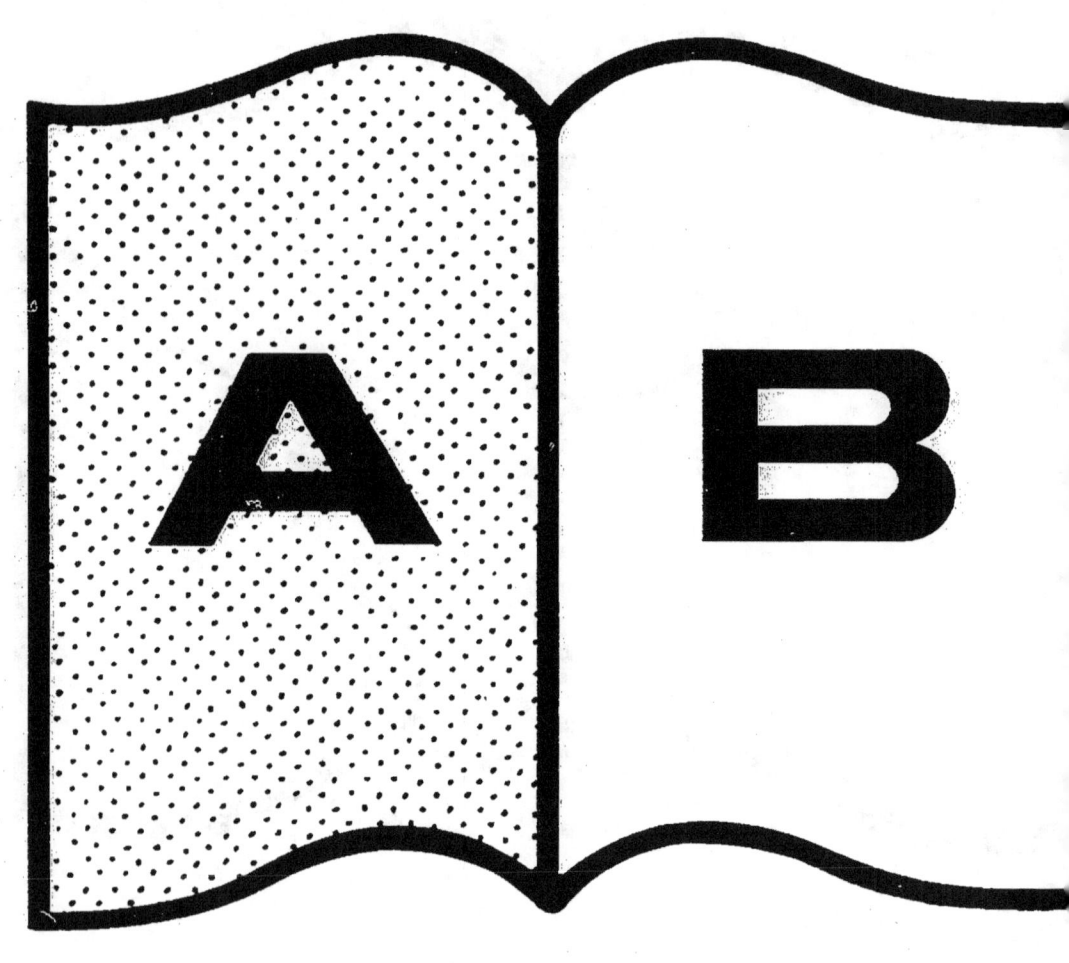

Contraste insuffisant

NF Z 43-120-14

www.ingramcontent.com/pod-product-compliance
Lightning Source LLC
Chambersburg PA
CBHW060819250626
47162CB00005B/1865